晨星文學館 22　　康　原　編著　　王志峰　繪圖

愛情籤仔店

24首最具聲韻之美的台語情詩

晨星出版

從情詩出發學台語

——兼談青春的戀歌《愛情籤仔店》

康原

常聽人說：「年少情懷總是詩。」這句話告訴我們，年輕人的心靈充滿著詩情畫意；喜歡詩的作品或情境，最喜歡讀詩、寫詩、與吟詩。因爲情詩的語言、意境都是美的，最能感染情感、震動心弦，觸動人的心靈深處。因此，戀愛中的年輕男女，他們的生活本身就是詩的意境，他們常用詩的語言來交談，話語裡常充滿著弦外之音，在他們的心中充滿著詩的感動，常常會創造驚人的詩語言，來表達心中的愛戀或憎恨。因此，詩人林亨泰說：「詩人要都談戀愛。」愛情的魅力實在太強了，因此「情動於中」是寫詩的最大動力，形於言是詩形式的完成。

近年來，我參與台灣民間文學蒐集，常被耆老口中的詩歌感動了，眞敬佩先祖們的智慧，日常生活中屢見動人的情詩；比如：「十五月娘圓輪輪，照著溪邊映蘿藤；眞久無看娘仔面，見著一面定倍親。」運用月亮的意象，表達男女間見面的感情。此詩每句的最後字都是押韻，語言生活化，容易記誦。我常利用台語詩歌做爲專題演講的題材，透過意象來詮釋台灣的生活與文化，同時運用詩來教授台灣語言，發現這種方法最容易引起學習者的興趣，生動而情深的語言，除了表現眞摯的情感之外，可以琅琅上口的吟誦著。

於是，我編輯了《愛情籤仔店》的台語白話詩，這些詩人描寫男女之間的情感，表達方式五花八門，利用不同的情境去抒寫愛情。但都能運用台灣人生活中的特殊語言意象，只要看一下詩題就能了解詩歌的梗概；比如有〈愛情符仔水〉、〈愛情籤仔店〉、〈情路爬高崎〉、〈春天个花蕊〉、〈相思〉、〈我e枕頭〉、〈牽手做陣行〉、〈白露〉、〈春花不敢望露水〉、

〈情鎖〉、〈芳味〉、〈相思歌〉……等詩題。這一些詩都注意押韻，音樂性特別強，承繼了台語韻文詩的傳統，有歌謠的韻味。這樣的台語詩用來學習語言，好吟好唸又可譜曲來唱，容易記憶，實在是最恰當的教本，於是我就用這些詩來推展台語教學，既能學到「語文」，也能欣賞「文學」，眞是一舉兩得。

就連描寫夫妻間情感的詩，也有特別的韻味；比如：林建隆的這首〈野味〉，是以太太的觀點，描寫先生外遇的問題；詩是這樣寫的，「對你，我毋是無了解／你揀呷又閣歹款待／我一日出入櫥房幾落擺／先煮魚肉，才炒青菜／豆腐味素落尾來／桌面的色彩／總是用心排／你煞愈呷愈喊味口歹。／對你，我毋是無了解／你嘴呷碗內看碗外／山邊的野菜勝過家庭菜／有歌有酒，風神自在／滿山花蕊由你採／虛僞的應酬／嘴講你無愛／若無三更你敢欲轉來。／對你，我毋是無了解／你前世是貓我嘛知／愛呷魚腥你原性無改／一生偷食，是有幾擺／一旦被掠眾人知／是你做得來／免怪我厲害／已經不是男性的世界。」這樣的詩又有押韻，又有趣味，運用了生活性的語言寫詩，有台灣人常用的語言意象。

學台灣話的方法很多，教育工作者可各顯神通，尋找適合教學的方法，從詩歌入手是最容易引起興趣，也能得到最大的效果。

在談本土化的過程中，我們的教育單位還沒有編訂出較合適的課程，而推動台灣語文的朋友們，運用自己的想法，從各方面去尋找教材，來滿足想學習台灣話者的需求。

語言是文化的根，詩歌是最精緻的語言，我們是一個以詩立教的民族，先賢曾經說：「不學詩無以言。」可見詩有教化的功能，讀詩除了學語言之外，還可陶冶性情，你能不去讀詩嗎？學台灣語言，能不讀台語詩嗎？不要怕看不懂台語詩，因爲這些詩都有北京話語的導讀，深入淺出地引導你走入台灣話語的世界。

青春的戀歌

目次 CONTENTS

生平簡介

王金選

一九六四年出生於台中縣新社鄉的王金選先生，大甲高工美工科畢業。從小就喜歡畫圖，不管是音樂、美術都有濃厚的興趣。大甲高工畢業後，沒有升學，懷著當畫家的理想投入社會，找到一份維持生活的工作，追逐著當藝術家的夢想。有句話說：「有夢最婧，希望相隨」，雖然是當工人，卻一邊做工一邊作畫，走入藝術的天地。

後來嘗試寫圖畫故事與童歌，把童詩加入了打油詩的詼諧趣味，也開始了台灣囝仔詩歌的創作，樹立了獨特的風格；大量投入兒童文學創作後，屢次獲獎。曾寫過一首批判教育的台語詩〈讀冊囝仔〉

深受喜愛，在校園中風靡了許多學生與老師。

王金選創作的台灣囝仔詩歌有七百多首，可算是一個多產作家，曾在《自立晚報》刊登〈台灣囝仔詩歌〉的詩並配他創作的版畫，算是圖文並茂的好作品。著有《紅龜粿》、《指甲花》、《點心擔》、《肥豬齁齁叫》等閩南語兒歌，及《玩什麼》、《禮物》、《烏龜飛上天》等二十餘冊。

曾獲「信誼幼兒文學獎」推薦獎、《中國時報》開卷版年度十大好書（最佳童書獎）、《聯合報》讀書版最佳兒歌獎、行政院新聞局金鼎獎（八三年度、八七年度）、洪健全兒童文學獎兒歌優良獎、楊喚兒童文學獎等。

常擔任兒童文學研習營講師，並曾任文建會「大家來獻寶」、公視「小小圖書館」徵文比賽評審。現任中華民國兒童文學學會理事、台北幼稚園河洛語教材編輯委員、《國語日報》專欄作家。他希望能在人間留下一點痕跡，散播一些歡笑的種子於人世間。

愛情粿仔店

◎王金選

我的真情並不儉
全部交關
你開的愛情粿仔店
店內有你美麗的形影
甜甜的笑聲
及你用純情做的大餅
大餅我尚愛吃
笑聲我尚愛聽
美麗的形影
望你來做伴
美麗的形影
望你及我手牽手
人生道路做陣行

我的真情並無儉
全部交關
你開的愛情簸仔店
請你請你——
不通賣我酸酸的李仔鹹
不通賣我刺人心肝的針
你的櫃台
有我歸桌頂的思念
你的屜內
有我滿滿的關懷
我的心意你嘛知
我的心情你了解
你放在櫥仔頂的愛
請你請你趕快提出來

作品導讀

■愛情籤仔店

〈愛情籤仔店〉是一首追求女孩子的台語情詩。常言說：「詩的第一個面貌是意境。」詩人寫詩透過有形的意象去傳達一種抽象的思想與感情。〈愛情籤仔店〉是一個男孩子去追求女孩子的描寫。「籤仔店」就是雜貨店，是台灣早期賣雜貨的地方，是台灣人熟悉的生活場景；而現在的年輕一輩可能已不知道「籤仔店」的情境了，他們買東西的雜貨店就是「超商」。語彙已經因形態的差異而有不同的稱呼了。

第一段透過「形影」、「笑聲」、「大餅」來形容女孩子可愛；運用傳統文學技巧的賦、比、興手法中的比，接著就說：「大餅我尚愛吃／笑聲我尚愛

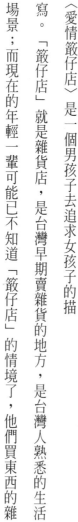

聽／美麗的形影／望你來做伴／望你及我牽手／人生道路做陣行」說出了作者追求的心聲。

第二段寫出「請你請你／不通賣我酸酸的李仔鹹／不通賣我刺人心肝的針」，說明了愛情必須要純情，不能有酸酸的味道；也就是說不要有三角的男女關係發生，同時也不要拒絕而用尖銳的語言來刺傷我。

最後兩句詩，「你放在櫥仔頂的愛／請你請你趕快提出來。」再次表示懇求的心意。此詩運用了「影」、「聲」、「餅」、「聽」、「伴」、「行」與「鹹」、「針」、「念」，另有「內」、「知」、「解」、「愛」、「來」作爲韻腳，讀起來能琅琅上口，吟出台語中的聲韻之美。

愛情符仔水

◎王金選

你甜甜的嘴
親像秋天的花蕊
你的眼神
親像迷人的秋天
你不免裝外媠
我同款為你癡迷
我同款為你陶醉
我咧想
我一定是喝著
你的愛情符仔水

愛情符仔水
使我病相思
愛情符仔水
使我心稀微
不知愛等到冬時
才會化解這杯
愛情的符仔水

作品導讀

■愛情符仔水

〈愛情符仔水〉是描寫青年男女，墜入情網的心情。

台灣人相信有人因吃到「符仔水」而跟著對方走，當然是一種迷信。「符仔水」是道士爲人驅邪改運，用符籙燒成灰放入水中的一種水。它雖是迷信，但在台灣社會卻有許多人深信不疑，生病不找醫生卻找道士求符籙，不吃藥卻吃「符仔水」。

而「符仔水」的意象，用在戀愛中的男女是恰當的，初入情網的人，如同中了邪一般。

據說男女之間的關係，可以用「符仔水」的法力令對方迷醉。因此，男孩對女孩的迷戀，就解釋爲喝到對方的符仔水，心情忐忑不安，不見面時會有「一日不見如隔三秋」之感。

同時初戀的情人會有「情人眼中出西施」的迷惑。此詩是描寫戀愛中情侶的心情。運用了「嘴」、「蕊」、「醉」、「婧」、「水」爲韻腳。

情路爬高崎

◎王金選

定定聽到人在唱情歌
為按怎哪還沒輪到我
是我卡歹看
還是事業無夠打拼

定定看人雙雙對對行相偎
為什麼哪會無人陪伴我
是我卡散赤
還是人扮無夠好看

別人的情路
是砊點仔膠
阮的情路
是石頭甲土沙
有時陣
閣愛爬高崎
上帝耶穌觀音媽
請問恁這是為按怎

人在講
一人一款命
姻緣天注定
有人一夜變好額
有人一生攏散赤
有人情人歸大拖
有人夜夜攏孤單
啊
不免吐大氣
不通怨運命
姻緣是天注定

期待著
月下老人早日來牽線
乎阮在情路
獪閣爬高崎
我才會凍
將好聽的情歌
甲伊唱乎大聲大聲

——一九九三·七·五《自立晚報》

【註釋】

高崎：高坡、崎音Kia7。
砛點仔膠：鋪柏油。砛音Kog7。
歸大拖：一大堆。
會凍：可以。
散赤：貧窮。
好額：指「很有財富」。額音gia4。
獪：不要。

作品導讀

■情路爬高崎

〈情路爬高崎〉是描寫在感情的路途不順暢的心情，詩用「爬高崎」（爬坡）來形容愛情路途的不如意。他看到別人的感情穩固如混凝土，而自己的感情卻一直鬆散如沙；他一直想著：是不是沒有輝煌的事業？是不是自己的家庭窮苦？最後自我安慰說：「或許是姻緣天注定。」愛情的路雖然坎坷不平，而他仍然期待「月下老人早日來牽線」，以便「將好聽的情歌／甲伊唱乎大聲大聲」。

王金選的情詩，充分掌握了台灣語言押韻的特色，用字非常淺顯，在口語化中又不失其詩的意境，善用譬喻使詩境鮮活。

讀這三首詩時，必須了解「簳仔店」、「符仔水」、「爬高崎」的意象，若不知道其意象，就意會不出詩的象徵意義了。

生平簡介

李勤岸

詩人這兩首詩都寫夫妻之情，運用兩種不同的方法來表達。字面上相當冷靜地細訴，詩中的感情是濃密的，詩句的張力相當強，深情藏在暗示的情境中，詩不在言傳，是一種情境的意會與感染。

有個藝術家曾說過：「藝術不是說道理，藝術是一種感情的感染。」我想這兩首寫情的詩，透過情境的感染，達到了說情的目的。

一九五一年出生於台南新化的李勤岸，本名李進發，曾經使用過筆名「牧尹」、「慕隱」。曾獲第一屆「草根詩獎」、一九七七年「愛書人散文獎」、一九九八年第八屆「榮後詩獎」。

一九六九年台南二中畢業、一九七九年東海大學外文系畢業、一九八六年美國Oklahoma City University 英文教學碩士、二〇〇〇年美國夏威夷大學語言學博士。曾經任教聖功女中、台南家專、中山大學、台南神學院，現任教國立東華大學英美語文學系。

著作：詩集《黑臉》、《唯情是岸》、《一等國民三字經》、《李勤岸台語詩集》、《李勤岸台語詩選》、散文《新遊牧民族》。編有《大家文學選詩卷》、《一九八三年台灣詩選》、《台語大學文選》。

夫妻

◎李勤岸

你若是美麗 ê 島嶼
我就是圍 tī 你四周圍
永永世世
為你殷勤固守 ê 海岸

Tī 東旁
我是勇壯可靠 ê 岩岸
Hō 你一切 ê 躊躇 kap 驚惶
安心靠 tiàm 我 ê 肩胛

Tĩ西旁
我是溫柔體貼ê沙岸
寬寬仔kã你數kã你惜
安慰你所有受傷ê痕跡

我若是孤單ê島嶼
你就是圍tĩ我四周圍
永永遠遠
Kap我戀愛獪煞ê海洋

Tĩ東旁
你是心胸開闊ê太平洋
接納我ê每一條溪流
Mã接納溪流內底全部ê泥沙

Tĩ西旁
你是深情ê海峽
柔和koh保守
Hō我時常醉tiàm你ê愛裡

愛，hō咱做夥
親像天親像地
Hiah-nih久hiah-nih長

【註釋】

tia̍m：在
寬寬仔[khoa"^{5}-khoa"^{5}-a^{2}]：緩緩地
𣍐煞：停不住
肩胛[keng-kah]：肩膀
敷[hu]：疼惜地輕撫

作品導讀

■夫妻

〈夫妻〉是一首描寫伉儷溫愛的情詩。詩人把妻子比喻成一座島嶼，把自己形容成環繞在島嶼四周的海洋。我們不僅看到詩人發誓保護妻子的堅決心意，也可聯想到詩人捍衛台灣的勇武精神。

記得在《海翁台語文學》的宣言裏，李勤岸有一段這樣的詩句：「阮小可曲痀ê形狀／m是the揹五千年的包袱／是阮beh ka家己彎做／希望飽滿e弓／隨時ben射出歡喜ê泉水／隨時ben泅向自由e海洋。」他希望台灣能走出去。把妻子比成島嶼，而自己就是海洋；在西邊是溫柔的沙灘，東邊是堅固的岩岸，海接納島嶼所有的河川，不管是泥沙或流水。

這些詩句暗喻著接受妻子的一切，他都毫無怨言；這樣寬宏大量的丈夫，是因爲對妻子的愛，同時愛台灣也是無可置疑的。

形kap影

◎李勤岸

飛行機慢慢飛——起來
飛行機慢慢
飛離伊地面ê影
慢慢，我離開你
且開始真歡喜
自由ê滋味

無偌久就開始羊眩
開始，獪好勢
飛一下久
就開始想厝

原來你是我ê厝

只有降落陸地
匀匀仔，降落
看著久久無看著ê
我ê影
只有kap我ê影結合
一切才會四是

後擺若欲閣飛
一定欲焏你
我心所愛ê影啊
做夥飛

有形無影
飛偌高
Mã無算teh飛
飛偌遠
Mã無算旅行

【註釋】

無偌久：沒多久
羊眩[iua^{n5} ûhim^{5}]：暈
勻勻仔[un^{5}-un^{5}-a^{2}]：慢慢地
焏[chhoa^{7}]：帶
旦開始[ta^{n}]：一開始
𡁶好勢：不舒服
四是[su^{3}-si^{7}]：舒適
做夥：一齊

■形kap影

〈形kap影〉是寫男人離家離開太太的心情，首先他從慶幸離開家，離開妻子的束縛，立刻可以獲得自由。沒想到飛機飛了一段距離後，他就開始想家，想起家中的妻子，就開始後悔沒有帶妻子一起出國。

詩人李勤岸結婚以後，有一段很長的日子，自己一個人到異國去求學；一個有家庭的男人，面對他鄉的情景，一定會有「雞聲茅店月，人跡板橋霜」的冷寂之感。因此，每次返鄉後，又要坐飛機離去時，就有滿腔的離愁，所以他想如果能帶著妻子一起坐飛機，就會有形影不離之幸福，不管是飛多遠都沒有關係。

生平簡介

莊柏林

一九三二年出生於台南縣學甲的莊柏林，父親為小學校長，台南一中、台灣大學法律系畢業，日本明治大學民訴法研究。曾任台灣高等法院簡任法官，現任律師兼任文化大學、淡江大學教授。現居台北。

一九八八年加入笠詩社，一九九一年獲選為社長。同年，設立「榮後台灣詩獎」。一九九四年，獲第二屆「南瀛文學詩獎」。

著有詩集：《西北雨》、《苦楝若開花》、《火鳳凰》；《民事訴訟法》、《強制執行法》、《商事法》等書。評論界認為莊柏林的詩配合現代的知性，懷念的抒情，眞理挖掘和社會的批判，表現詩的多樣性，具有另一種詩的韻味。

阮若想起

◎莊柏林

像遠遠彼粒星
阮就是
遠遠彼個人

阮若想起
汝親像天頂彼粒星
阮就是
寂寞彼個人

天頂的星
閃閃爍爍
孤單的阮
恬恬看汝

啊　啊　感情
感情的代誌
嘜講起

——一九九五・一・四《自由時報》

作品導讀

■ 阮若想起

〈阮若想起〉是一首懷念情人的詩。

在愛的天地裡，天邊的星星，總是一種記憶的發光體，由星光導入那一段逝去的愛情，星使人想到伊人。遠遠的星星與遠遠的人，把距離拉得好長，使人感到有捉摸不到的疏離。

第一、二段詩的形式是一樣的，都是四句而每句字數又相同；只是一、二段的第二句從「遠遠」轉變爲「天頂」；第四句「遠遠」轉換爲「寂寞」，詩的情境也有了變動的感覺。

人因爲有愛而感到幸福，但人也因爲失去了愛而感到痛苦；對於失去的愛或許只能回憶，對於失去的人就把她想成天上的星星，當你想她時就去看天上的星星吧！

詩的最後是一種痛苦的無奈，對於痛苦的感情最好不要再談起，讓它隨風飄去；「啊　啊　感情／感情的代誌／嘜講起」。

形影

◎莊柏林

對有光的庭斗
汝就跟我直直走
走到咱兜的門口
汝的感情這呢厚

形影未凍來分離
有我就有汝
阮若跋落黑水池
只有汝目屎滴

日頭漸漸要落山
汝的影猶原跟我行
不驚暗暝的孤單
煩惱我不知按怎

無論走去陀位匿
真情通心脾
不同時間出世
也要同工死

——一九九五・一・廿八《自由時報》

作品導讀

■ 形影

〈形影〉是描寫夫妻如膠似漆的深厚感情。

我們常把形影不離說成「孟不離焦，焦不離孟」，詩的首句從「光」開始說起，有光才能見影，影總是跟著身子移動，身體走一步影子跟一步，影子表示依賴與溫柔，它是絕對不會離人而去的。所以說：「汝的感情這呢厚」，說明了感情的深厚與堅貞。

第二段說明了夫妻是一體的兩面，永遠分不開的。如果有一天先生失敗了，詩人用「黑水池」的意象來比喻，當先生不小心摔下去了，太太一定以淚洗臉。流「目屎」是苦痛而悲淒的。

用「日頭漸漸要落山」表示人生走入了晚年，但老夫妻仍然相互扶持，互相照顧。用「暗暝」來形容遇到困難時，太太雖然會覺得孤單，卻毫無怨言；

她所擔心的是先生的安危。

詩的最後赤誠的說出兩人的眞情，以「不同時間出世，也要同工死」來說明愛的忠貞。讀完最後兩句，令人感覺出詩中有「在地願爲連理枝，在天願爲比翼鳥」的情愫。

生平簡介

路寒袖

路寒袖，一九五八年生於台中大甲，東吳大學中文系畢業。近年來致力於台語詩歌的創作。曾任編審、詩社社長、中學教師、人間副刊編輯，現任《台灣日報》副刊主編兼藝文中心主任。

曾獲賴和文學獎、金鼎獎最佳作詞獎、金曲獎最佳作曲獎。著有《春天个花蕊》、《我的父親是火車司機》、《夢的攝影機》、《憂鬱三千公尺》……還有《戲夢人生》電影音樂帶、潘麗麗專輯《畫眉》、《往事如影・冬至圓》；創作歌詞〈台北新故鄉〉（一九九四）、〈有夢最美〉（一九九八）、〈南方新世界〉（一九九八）等。

路寒袖的詩觀是「堅持高雅清澈的理念及維繫細緻優美的旋律」，因此眞實、清新、深邃地寫出人生，就是他詩作的主要風格。他認爲詩必須走入群眾，才能引領群眾走入詩的殿堂，因此，他的詩以歌謠體呈現，承繼台灣民間歌謠的可貴傳統，保持健康樂觀的特色。

春天个花蕊

◎路寒袖

雖然春天定定會落雨
毋過有汝甲阮來照顧
無論天外烏雨會落外粗
總等有天星來照路
汝是春天上媠个花蕊
為汝我毋驚淋甲澹糊糊
汝是天頂上光彼粒星
陪汝我毋驚遙遠佮艱苦

春天个，春天个花蕊歸山崁
有汝才有好芳味
暗暝个，暗暝个天星滿天邊
無汝毋知佗位去

【註釋】

定定tiann7 tiann7：常常。
外烏：多麼黑。
澹糊糊：濕淋淋的。糊koo5。
歸山崁：滿山坡。
毋過：不過。
上媠siang7 sui2：最美。
彼：那。
佗位：那裡。

作品導讀

■ 春天个花蕊

〈春天个花蕊〉是描寫現任總統陳水扁先生與吳淑珍女士的伉儷情深。同時也寫出詩人對陳水扁先生的感覺，詩人路寒袖說在詩末：「在這愈來愈功利的社會，人與人愈來愈疏離的年代，我愈發疼惜、敬佩像陳水扁夫婦這般相互扶持，彼此關愛的人性良善特質，他們的恩愛是人心不死的見證，他們的恩愛是雨後的春花，芬芳潔淨；是暗月星光，無邪清明；跟他們同處這塊土地生活、奮鬥，總是馨香盈袖，磊落滿懷。」

以「花蕊」來象徵吳淑珍女士，用「落雨」來比喻外在的風暴，詩人認爲雖然吳淑珍女士蒙受到車禍的不幸，但是並沒有使這對夫妻的感情受到影響；詩中以「天星」象徵一種希望。詩人說出陳水扁先生只要有太太的存在，再大艱難也能承受與克服；一旦失去了夫人，生命可能也會了無意義。

這首詩雖短，卻充滿著眞誠的感情，看出伉儷情深的感動，文字的張力相當強。韻腳押在「雨」、「顧」、「粗」、「路」、「糊」、「苦」。

情鎖

◎路寒袖

逐工見面一尺長
一尺宛然千里遠
眾儂面前裝笑容
笑中含淚心頭酸

人情束綁暗吞忍
今生今世毋免問
親像鳥隻歇枯枝
一時鬥陣無共床

身軀倒佇雙儂床
暗暝那會遐呢長
月娘那會遮呢光
害阮心情罩白霜

有花無果
無果命薄
命薄緣無
緣無看花落
花若落，情上鎖
怨歎汝我个感情
攏是黑卒仔走過河

【註釋】

遐呢：那麼。　　遮呢：這麼。
逐工：每天。

■情鎖

〈情鎖〉是一首悲情的詩，利用「鎖」的意象，寫出一段過去曾經擁有過的感情。但這一段情是不容許公開的，註定要隱藏在心靈深處；因爲這個世間還有一些人情世故的牽絆，所以說「人情束綁暗呑忍」。這段情或許是一種「外遇」，在人生的棋盤上，是一種「黑卒仔走過河」的違法行爲。

詩人用下棋來象徵人生，只因爲是人對於感情，有時必須「發乎情，止於禮」，人對於愛情的生活，必須受社會道德規範，不容許隨心所欲濫情的。因此，這一段情必須上鎖，所以說「有花無果／無果命薄／命薄緣無／緣無看花落／花若落，情上鎖」。

此詩有台灣民間七字仔詩的精神與形式，前三段每段都爲四句，每句有七個字，又押韻腳「長」、「遠」、「酸」、「床」、「光」、「霜」與「果」

、「薄」、「無」、「落」、「鎖」、「河」。

這是一首意境深遠的詩，也充分利用了象徵結構，當隻身躺在雙人床上的夜裡，看到月亮那淒美的光、想到「一時鬥陣無共床」的孤單影雙情境，心頭也就「罩白霜」。

逐暝一通電話

◎路寒袖

我對山頂扑去一通電話
呑呑吐吐遙遠个聲音
問汝都市有幾葩燈火
問汝佇台北个日子，是按怎過

我佇台北接著汝个電話
聲音帶著霜雪个冰冷
明知燈火像天星遐儕
明知虛華个生活，我爐沉迷
問汝想我到底有外儕
明知想汝宛然一條溪

問汝啥麼時陣
轉來佮我作夥
問汝想我到底有外儕
明知想汝宛然一條溪
明知嫁汝了後
我就毋捌後悔

逐暝一通電話
聽汝个聲
希望佇夢中見著汝个影
逐暝一通電話
叫汝个名
希望夢中汝我鬥陣行

【註釋】

幾葩：幾盞。葩pha[1]。　　　遐儕：那麼多。
外儕：多少。　　　　　　　毋捌：未曾m[7]-bat[4]。

逐暝一通電話

〈逐暝一通電話〉是描寫歌者潘麗麗與其先生的感情。現在的社會有許多夫妻因為個人工作的因素，常常各住一處，沒有辦法天天廝守在一起，只靠著電話聯絡感情。

詩人有一次到梨山，正和潘麗麗的丈夫吃晚餐，正好潘麗麗從台北打來一通電話。潘麗麗的先生告訴詩人，他們每天一通電話已經習慣了，並說：「如果一天沒有聽到對方的聲音，生活就像失去什麼似的。」詩人聽了深受感動，回台北的途中就寫了這首歌詞。

此詩歌用「燈火」、「天星」象徵彼此的思念，用「一條溪」的源遠流長說明了訴說不盡的情話綿綿。其實他們的心中，期待早日能生活在一起，不必日裡所思夜裡所夢，忍受相思的苦痛。夫妻為了生活居住在兩地，但他們永遠沒有後悔過。這是一個果農與明星動人的愛情詩詞，溫暖著有情人的心。

這兩首詩用詞典雅優美，情感深刻，融合了現代詩的技巧，發表後被譽爲「重拾台灣歌謠尊嚴的里程碑」、「點燃台灣新文藝復興的火花」、「台語文學的深度指標」。

賴芳伶教授也說：「路寒袖重拾『詩歌一體』的傳統，欲突破現代詩長期的晦澀、虛無失根的困境……彰揚優質語言，結合流行音樂，傳承本土文化……而有台語詩歌的創作。」

生平簡介

宋澤萊

一九五二年出生在雲林崙背的宋澤萊，畢業於台北師範大學歷史系。目前任教於福興國中，是一位名小說家。

他在大學時代就寫了三本心理小說。一九七八以《打牛湳村》系列小說享譽文壇；一九八〇年轉向參禪與研究台灣根本佛教，並強力批判中國的大乘佛教；一九八五年寫《廢墟台灣》；一九八六年創辦《台灣新文化》雜誌；一九九五年又主編《台灣新文學》；二〇〇一年創辦《台灣e文藝》主張以台語書寫。曾經到美國愛荷華大學作家工作坊研究。後來寫了《福爾摩莎頌歌》一書，在序文中曾說：「沒有什麼突然／埋在時光裡的種子／會在後代的花園裏／開花」，可見他是一位悟道者的先知。

曾出版：小說：《打牛湳村》、《等待燈籠花開時》、《蓬萊誌異》、《弱小民族》、《血色蝙蝠降臨的城市》、《廢墟台灣》、《惡靈》、《變遷的牛眺灣》、《熱帶魔界》、《黃巢殺人八百萬》；評論集：《禪與文學體驗》、《誰怕宋澤萊？》、《被背叛的佛陀》、《台灣人的自我追尋》；散文集《隨喜》；詩集《福爾摩莎頌歌》等書。

你的青春，我的青春

◎宋澤萊

若是展開美麗的目睭
就會看見情人的幼秀
親像故鄉的流水
沒有半點的憂愁
青春，青春，你和我
沒有半點的憂愁

若是散落美麗的頭鬃
就也想起咱的望
親像故鄉的茶房
一半青疏一半香

青春，青春，你和我
一半青疏一半香
若是含著美麗的嘴唇
就會想起情人的溫馴
親像故鄉的山崙
一面冬天，一面春
青春，青春，你和我
一面冬天，一面春

你的青春我的青春
親像故鄉的帆船
有時遠航有時近

——一九八一．一一．二〇于愛荷華

作品導讀

■你的青春，我的青春

〈你的青春，我的青春〉是一首陳述男女之間沒有憂愁的情詩，是一首戀歌。

有句話說：「年少情懷總是詩」，年輕人富有幻想，喜歡浪漫的情懷。有位詩人曾說：「要寫詩需多談戀愛。」說明了在戀愛情境中的男女，大部分沉醉在愛情的甜蜜裡。

詩從眼睛談起，談到看到情人的「幼秀」，純潔得像故鄉的流水，那麼的無憂無慮。第一段最後開宗明義的說明了，「青春，青春，你及我／無半點的憂愁」是說年輕的男女的愛情是不會有憂愁的。

第二段詩從「頭髮」引入「茶房」，是從「視覺」談到「嗅覺」，強調是清香的味道。而把「茶房」放在故鄉中，是一種懷念之暗喻；「一半青疏一半香」嗅覺的感覺就是這種情況。

詩的第三段是默默的回想情人的溫柔，就好比家鄉的山崗那樣的沉靜與幽閒，或者作者寫詩的當時身處異國，所以有「一面冬天，一面春」的感慨。最後用「帆船」的飄逸意象，點出了想像之美。

這是一首情景交融的感人情詩；運用了眼睛、頭髮、嘴唇塑造了女孩的形象；又用了流水、山崙、帆船、故鄉的意象，把情感烘托出來。詩的韻腳押在「瞯」、「秀」、「愁」與「鬃」、「望」、「房」……等。讀起來有律動的旋律感，詩的音樂性自然地流露出來。

生平簡介

方耀乾

一九五八年出生於台南安定的方耀乾，目前定居於永康市。文化大學西洋文學研究所畢業。現任教於台南女子技術學院，主授「英文」、「台灣文學」、「現代詩創作與欣賞」、「台語文學」。並於台南古都電台「Esay一點」主講台語文學。

曾獲第一屆文化大學「英笛戲劇翻譯獎」、聯合報「情人傳眞情」徵文佳作、第二十屆「鹽分地帶文學創作獎」（新詩類）、第六屆「南瀛文學新人獎」、台南縣政府「南瀛之歌創作獎」、台南女子技術學院專題研究獎助。

著作：台語詩集《阮阿母是太空人》、《予牽手的情話》。論文〈反帝、反殖民拼圖——論賴和新詩〉、〈台灣古早女性的圖像——以台灣民間歌謠爲論述場域〉、〈一步一腳印——論日據時代台語詩文字使用困境〉。

予牽手的情話

◎方耀乾

之一

汝是用掃帚寫詩
煎匙演奏
菜刀雕刻
的藝術家

——一九九五初稿永康
一九九九定稿永康

之二

上愛日頭天行佇汝的面頭前
我的影才會當共汝遮影
上愛月光暝行佇汝的面頭前
我的影才會當共汝帶路

——一九九九·二·一一永康

【註釋】

日頭天：豔陽天。
月光暝：有月亮的夜晚。
遮影（jia1 ng2）：遮蔭。
帶（chua7）路：帶路。

之三

汝講　點一葩火
予汝看會著轉來的路
我講　毋管路偌暗風偌透
汝是永遠袂化去的火

——一九九九・三・十五永康

【註釋】

一葩（pha¹）火：一盞。　　偌（gua⁷）：多麼。
化（hua¹）去：熄滅。

■予牽手的情話

〈予牽手的情話〉這首詩其實是一本《予牽手的情話》書中的三首；在這本詩集的封底寫著「這是我佇結婚紀念日、情人節、生日、病中、小別、或是有所感的日子，寫佇卡片予牽手的題詞……因爲毋是一氣呵成，而且只是夫妻之間抒情的文字，毋是組詩，因此每首之間不求風格統一，……」這段話說明了方耀乾寫詩的動機與經過。

在這種物化的現代社會中，還有這種純情的男人，隨時隨地寫情詩給自己的妻子，這種精神是可敬又可佩的。

詩之一：用簡單的四句說明了做家事的妻子是一個藝術家，把「生活藝術化，藝術生活化」了；畢竟每一個人的生活都是一首詩，只是表現的方法不同而已，不用文字表達詩情的人，表現在生活上的人，算是一種廣義的詩人。

詩之二：用「日」與「月」；「白天」與「晚上」的意象，表示夫妻兩人夫唱婦隨，寫形影不離的情感，用影子的相疊暗喻同甘共苦的生活。

詩之三：用「燈光」的感覺，訴說家的溫暖。燈，一直是黑暗中的希望，照明了坎坷的路，在此燈暗喻妻子，有一股吸引力，召喚著丈夫回家，傾訴著家庭的溫暖。

詩人葉笛曾說：「《予牽手的情話》屬於情詩（lyric），伊的起源佇古希臘是用豎琴（lyre）伴奏吟唱的，可見伊的詩句的音樂性是真重要。佇西歐，抒情詩的形式不拘一格，毋過時常用第一人稱來表現的感情刣觀照。……方耀乾按照家己內在的精神節奏，台語的音節，獨創四行體裁的情詩意（即情話）共五十首，有日本的和歌、俳句，五絕、七絕的韻味，唸起來，語音和諧流暢……」這段話是對方耀乾詩作的最佳詮釋。

生平簡介

林建隆

一九五六年出生在基隆月眉山的林建隆，從小立志做詩人，卻在廿三歲時以「流氓」名義被移送警備總部管訓，再移至台北監獄，執行「殺人未遂」的五年徒刑。

坐監期間在宏德補校就讀，並尋求報考大學的機會。三年後假釋，被遣回警備總部繼續管訓，後來在管訓隊考上東吳大學英語系。

畢業後赴美，獲密西根州立大學英美文學博士。一九九二年回東吳大學任教。

曾獲T.0tto Nall文學創作獎、陳秀喜詩獎。現已出版：《林建隆詩集》、《菅芒花的春天歌詩集》

、《林建隆俳句集》、《生活俳句》、《鐵窗的眼睛》、《動物新世界》、《流氓教授》，另出版三本學院詩人合集，並主編《東吳大學建校百年紀念詩集》。

漫畫家魚夫曾說：「這世上我見過最ㄅㄧㄤˋ的怪胎，就是流氓博士林建隆了。」這句話詮釋了林建隆的特殊性吧！

野味

◎林建隆

對你，我毋是無了解
你揀呷又閣歹款待
我一日出入廚房幾落擺
先煮魚肉，才炒青菜
豆腐味素落尾來
桌面的色彩
總是用心排
你煞愈呷愈喊胃口歹

對你，我毋是無了解
你嘴呷碗內看碗外
山邊的野味勝過家庭菜
有歌有酒，風神自在
滿山花蕊由你採
虛偽的應酬
嘴講你無愛
若無三更你敢欲轉來

對你，我毋是無了解
你前世是貓我嘛知
愛呷魚臊你原性攏無改
一生偷食，是有幾擺
一旦被掠眾人知
是你做得來
免怪我厲害
已經毋是男性的世界

■野味

〈野味〉是以一位女人的觀點，來寫給自己喜歡拈花惹草的丈夫，帶著一點恐嚇、威脅的詩味，讀後不禁令人莞爾。

有一句俗語說：「家花不如野花香，野花不如家花長。」說出了人類喜新厭舊的劣根性，但最後還是與自己太太長相廝守。

詩的首段由平常丈夫的食慾談起，我們常說人類的基本需求：「食色性也」，因此女人要掌握丈夫的心，最好先掌握他的胃口。無奈這一位先生，竟然是一位不好服侍的挑剔者，所以以「你揀呷又閣歹款待／你煞愈呷愈喊胃口歹」。

第二段說出男人常藉口交際應酬在外面花天酒地，其實「醉翁之意不在酒」，他喜歡的或許是「粉味」；也就是「野花」的異味，民間有首〈偷吃腥〉的歌謠云：「姑娘十八有夠婧，阿哥欲食較儉嘴，咱兜豬肉食到喂，外口魚腥加減推。」說明男人喜歡在外面玩女人的心理。

詩的最後段講出這個男人，外遇是接二連三的發生。因此，女人認爲丈夫該是貓神來轉世，特別喜歡吃腥味的東西，所以「一生偷食，是有幾擺」，或許是個性使然，但是以後若東窗事發，內情被抖出來，別怪女人的厲害，他說：「是你做得來／免怪我厲害／已經毋是男性的世界」，帶點警告的意味，現在是女性主義抬頭的時代了。

生平簡介

張春凰

一九五三年出生於高雄大社鄉；曾出國留學，獲F.S.U. Library Science & Information Study碩士。曾任職大學圖書館、文化中心；也創立過學術圖書館。一九九〇年開始關心本土文化；一九九二年開始用母語寫作。著作：散文《青春e路途》、《雞啼》，詩集《愛di土地發酵》。

我e枕頭

◎張春凰

伊e手肚　是我e枕頭
寒天有燒氣
熱天有涼意

伊e手股　是我e枕頭
安穩閣透氣
軟暖閣四適

伊e肩胛頭　是我e枕頭
我恬恬注目　伊e額頭
飽水飽水　有智慧
我寬寬欣賞　伊e鬍鬚
烏金烏金　有英威

我有聽著伊循環e聲
我有聽著伊喘氣e歌

我e枕頭
本身睏gah綿綿
不時　不陣
ma是自然自動反應棉

我e枕頭
一翻身　另外一手
攬護著阮　共養人生e路程
抱惜著我　激造一世恩　一世情

——一九九四年記結婚十五冬

【註釋】

手肚：手腕至手肘的部分
肩胛頭：肩膀
飽水飽水：飽滿充實
烏金：烏亮
手股：手肘至肩膀的部分
恬恬注目：靜靜的注視
寬寬：慢慢的

■我e枕頭

〈我e枕頭〉是作者結婚十五周年，寫夫妻溫愛的一首情詩。有一句成語「高枕無憂」，說明一個睡得舒適的枕頭，會使人沒有憂慮；而詩人把丈夫比喻做枕頭是恰當又貼切。

詩的首段寫著以丈夫的「手肚」做枕頭，是一種冬暖夏涼的感覺，那是一種溫愛的告白，把愛建立在丈夫的溫柔體貼裡。第二段從「手肚」挪移的「手股」令他感到很舒適，所以說：「安穩閣透氣／軟暖閣四適。」

當她靠在丈夫的肩膀上，仔細的欣賞丈夫的頭額與鬍鬚，發現丈夫的臉上充滿著智慧光澤，烏黑的鬍鬚具有靈氣的威嚴，因爲親密地靠在丈夫的身上，她聽到丈夫的呼吸節奏如歌聲。

她欣賞丈夫熟睡的姿態是安詳的，當她翻身丈夫仍然擁抱著他；我想：可能連睡夢中，還保護著她，使她感到有一夜夫妻百世恩的感動，內心期待著一世恩情永不間斷地延續下去至永遠。

讀這首寫丈夫的情詩時，使我想起張春凰在出版《雞啼》的生活散文時，在序文的感謝語中，他這樣的描寫他的先生「永進，……本質上伊是一位認命e工程師個性，親像牛按呢身托著犁，巧巧人憨憨仔做……」這段短簡具體的描寫中，可以看出詩人對丈夫的欣賞。

歷史學家張炎憲讚美張春凰的作品說：「讀完伊e文章，我ho伊e文筆吸引。伊眞實描述台語口語e書寫方式，漢字無法表達e，用字音聲表達，是相當edang反映台灣人感情e書寫方法。」讀伊的詩，我們可以看出張春凰寫活了台語文，詩句看起來親切又活潑，眞正掌握了台灣人的生活意象。

生平簡介

周定邦

一九五八年出世，台南縣將軍鄉青鯤鯓人。國立台北工專土木工程科畢業，現任台南市文化局「古蹟夜間藝文沙龍」常駐古蹟表演團體「台灣說唱藝術工作室」負責人、國立台南社教管附設「府城台語文讀書會」會長、《菅芒花台語文學會》主編、台灣本土社《台灣e文藝》同仁、《菅芒花詩刊》同仁。曾任建設公司負責人、教育部「國小閩南語種子教師教學知能研習班」講師、台南社教館「台語文學研習班」講師。

得獎記錄：台語詩集《起厝兮工儂》榮獲「第六屆南瀛文學新人獎（現代詩類）」、台南縣〈南瀛之歌〉歌詞甄選榮獲第一名、「第八屆南瀛文學創作獎」現代詩類第一名、二〇〇〇年全國鄉土語言競賽，閩南語口說藝術類社會組第三名、「第九屆南瀛文學創作獎」現代詩類佳作。

著作有：台語詩集《起厝兮工儂》、台語七字仔白話史詩《義戰教八年》、台語詩集《斑芝花開》。

牽手做伙行——互愛妻

◎周定邦

自從結連理
目一躡
無情歲月十六年
咱兮感情
猶原
親像　蜜攪糖
糖甘蜜甜

想咱少年時
為著將來
卜有好日子

逐時為著生活
拍拚夠三更
汝兮功勞恰大天
我獪放獪記

人生
起起落落兮日子
有汝做伙參扶持
雖然
有時歡喜
有時傷悲
有時順利
有時失志

因為有汝
有汝兮安慰佮支持
互咱牽手做伙行過
迄段奮鬥拍拚兮日子
雖然來時路
真艱苦
唔拘也已經
行出咱家己兮路

人生路

有時風　有時雨

咱猶原愛佫肖照顧

愛佫牽手做伙行

做伙行完

即條坎塌兮人生路途

——選自《起厝兮工儂》

作品導讀

■牽手做伙行

〈牽手做伙行〉是丈夫感謝妻子，在十六年的日子裏，毫無怨言的相互扶持，走過坎坷的人生旅程，感情還甜蜜蜜的「親像蜜攪糖／糖甘蜜甜」；台灣有一句警世金語：「家和萬事興」，只要夫妻同心協力，就可建立起快樂的家庭。

回想少年爲了生活，夫妻兩人常三更燈火五更雞的拼命；太太的辛勞丈夫不敢忘記，常常銘記在心。人生的旅途是由「歡喜」、「傷悲」、「順利」、「失志」……組合而成。

未來的路可能還「有時風」、「有時雨」，兩人必然還要「牽手做伙行」

度過人生還未走完的旅程。這首詩相當口語化，詩的語言如生活的語言，但在這些語言中，我們可以讀出台灣人那種認命的精神。照顧自己的家庭，共同爲家庭而奉獻自己的青春。

生平簡介

藍淑貞

一九四六年出生於屏東里港鄉的藍淑貞，國小畢業後搬到台南，進入中山國中。

一九六四年台南師範普師科畢業，在國小服務一段期間後，保送高雄師範大學中文系；一九七二年分發到新豐國中服務兩年，轉入台南高商服務迄今。

一九九四年從事台語研究並推動母語運動，曾擔任「城鄉台語讀書會」會長、「菅芒花台語文學會」常務理事、台南市中小學雙語師資班講師、「台語之美」校園巡迴表演策劃人、紅樹林台語推展協會會長。

著作：台語詩集《思念》。

餅乾一〇元
四枚

感情即條路

◎藍淑貞

無芳花
無咒誓
感情即條路
咱鬥陣行

用汝的心
用我的愛
感情即條路
咱互相來關懷

無甜言
無蜜語

感情即條路
我了解汝的心意
雖然路途遙遠
只要咱的心仝款
不驚風雨來擾亂

雖然年歲漸漸老
咱手牽手
慢慢仔行
共感情即條路行乎透

——一九九七·五·廿四（農曆四·十八）結婚紀念日
一九九八·一·八《茄苳台文雜誌》

【註釋】

芳：香　　咒誓（ciu3 cua7）：誓言
仝款：同樣

■感情即條路

〈感情即條路〉是寫一對夫妻的感情，在平常的生活中見真情，不必花言巧語、不必鮮花裝飾、不必海誓山盟；需要彼此的關心、相互間的扶持與照顧；雖然沒有甜言蜜語，只要彼此了解心意。若有狂風暴雨，仍然可以度過去。兩人年紀已高了，只要小心走著，一定是白頭偕老的夫妻。

詩人在她出版《思念》書序中說：「……我的翁婿林茂雄，佇背後恬恬支持我，做我第一個聽眾，有時我無閒甲無煮飯，伊不捌咒讖半句，我常共伊講：『後世人若有緣，我一定卜咯汝做翁某』……」從這段話中，我們可看到這對半百夫妻的恩愛。

生平簡介

陳金順

一九六六年出生於桃園，現在住於板橋。台灣藝專廣電科畢業。一九九五年開始推展台語文學運動，創作台語詩；曾經參與編輯《茄苳》雜誌。曾獲「南鯤鯓台語文學獎」、「鹽分地帶文學獎」……等。

作品入選《台語詩一甲子》、《台語散文一紀年》、《九二一大地震詩歌集》……等。現擔任《島鄉台語文學》主編。著作：《島鄉詩情》。

芳味

◎陳金順

二月e春天
第一擺見著汝
汝抹薄薄e水粉
閣有點胭脂

阮遠遠看汝
婧婧e汝
親像春天e花蕊當咧開
阮不敢行偎佮汝
輕聲細語

干單置遐
鼻汝e芳味
轉來了後
讀汝寫e情詩
真誠恰意
暗暗歡喜
阮揣著一個知己

想欲給心內話語
化作真情
請傳書仔送到汝身邊
展開批紙
遂不知寫啥物

想起二月春天
想起汝e芳味
想起彼首情詩
阮提出上大e勇氣
給心情寄互汝

阮不知
置黃昏　鳥隻回岫e時
咁會收著汝e一句一字
阮不知
明年e春天
當百花開滿山墘e時
咁會置遠遠e天邊
看著汝

——一九九六．五．一二寫置枋橋街
一九九六．一二．一《台語世界》第六期

【註釋】

胭脂（ian ji）：口紅。
傳書仔（tuan5 si a2）：傳信鴿。
批紙（pe jua2）：信紙。
芳味（pang vi7）：香味。
㧒（tian2）：掀開。

■芳味

〈芳味〉是一首寫給第一次邂逅的女孩，表達一種含蓄而愛戀的情感，有一點「年少情懷總是詩」的韻味。當詩人第一次遇到這位女孩時，化妝過的女孩塗上口紅與水粉，有點靦腆的男孩「枵鬼假細膩」，不敢表情意；也不敢靠近女孩旁邊，只站著欣賞這位如苞待放的女孩，默默地聞著花的香味。

第三段詩寫回家後，自己慶幸找到一位理想的女孩，想要寫一封情書表達心意，打開信紙卻茫然無頭緒，不知道該寫些什麼？最後在二月天裏，提出了勇氣把寫好的情詩寄出去。可是沒有把握是否能收到女孩的回信？也不知道往後的日子裡，當百花開放時，是否能再看到自己的心上人？

這首詩透過春天、花蕊、水粉、胭脂寫女孩的可愛；用批紙、情詩、鳥隻傳達追求的心情，是一首表達得相當溫柔的情詩，輕輕地吟頌韻味無窮。

生平簡介

岩上

一九三八年出生於嘉義的岩上，目前居住草屯。台中師範、逢甲大學畢業。

曾任中小學教師、雜誌編輯。一九七六年與王灝等人創辦《詩脈詩刊》，爲《笠》詩刊會員。現爲《笠》詩刊主編。曾任台灣兒童文學協會理事長、南投文化基金會常務董事、賴和文教基金會董事。

曾獲吳濁流新詩獎、中興文藝獎章新詩獎、中國文藝獎章新詩創作獎。

著作有：《激流》、《冬盡》、《台灣瓦》、《愛染篇》、《詩的存在》、《岩上八行詩》、《更喚的年代》。

秋別

◎岩上

秋天已經來啦
火燒起來的楓仔葉
有雙人惜別的時
流落來的目屎
抑有什麼話可講
西風一直吹

互風拍落的楓仔葉
是一點一滴的形影
過去的代誌置風中咧飛
就互假吹走去啦

——一九九五・四・十五《民衆日報》副刊

作品導讀

■秋別

〈秋別〉這是一首傷別離的情詩，猶如一齣沒有結局的戲碼。秋天本是一季蕭瑟而淒美的日子，人若步上了壯年之後，常有秋天的悲涼心情。

詩首段以秋的時空展開，從秋天楓紅的季節談起；因與情人離異，眼見楓的樹葉轉紅，內心如火燒起來的著急。是為了別離而落淚，雖說男人眼淚不輕彈，卻因傷心而落下。

「西風」或許只是一種回憶，但那也只是一種夢幻泡影，吹也是無濟於事的，風不管吹向何方，吹落了美麗而帶憂愁的紅楓。在楓葉淩亂的飄動裏，看到了過去甜蜜的形影；最後還是任風飄散而去吧！

短短的詩句，長長的離情，就在詩中引爆了一片楓紅。

生平簡介

林沉默

一九五九年出生於斗六的林沉默，中國文化大學企管系畢業。現在居住在台中縣大里市，現任中國時報主編、公民大學講師，並主持「蕃薯糖文化台灣工作室」，推展台灣語文教學。

詩人林沉默曾說：「……本來我是用爬的遊戲，四歲時母親拿一隻鋤頭柄給我說：這鋤頭柄『給你走路』，一拄，就曲躬拄了二十年。後來進入北投一家復健中心，醫生為我做了一雙鐵鞋，說：『做人就應該好好的站起來』所以，我把鋤頭柄拋開，我終於又看到了天空。」這段話是詩人奮鬥的過程，他不僅會自己走路，又創造出自己獨特風格的台語文學，以「三字經」的形式記錄台灣鄉土的歷史與人文，被譽爲「台灣文學新高山」。

林沉默從一九七三年投入文學創作，曾與文友創刊《八掌溪》詩刊，大學時代與路寒袖、盧思岳等人合辦《漢廣詩刊》，後來加入「蕃薯詩社」。作品有詩、小說、童話、地方唸謠、囝仔詩歌，風格詼諧、形式創新，又有押韻可琅琅上口的吟唱，是推動台語的好教材。

林沉默著有：《白烏鴉》、《新編台中地方唸謠》、《唐突小鴨的故事》、《朱霞》、《月仔月芎蕉》、《淡北金華》、《中台風雲》、《南台光景》、《後山呼喚》等。曾獲台灣文藝獎、吳濁流小說獎、中華文藝敘述詩獎、全國優秀青年詩人獎，作品選入國小教科書，並選入《台中縣籍作家作品集兒童卷》，供學生閱讀。

白露

◎林沉默

十月白露凍草枝。
草枝青青含愛意，
見笑歹勢，
暗喜尾敧敧。

十月白露凍竹籬。
竹籬珍珠掛胸衣，
剖腹等待，
目睭金金熾。

十月白露凍紅柿。
紅柿結籽抹胭脂，
無影無隻，
風搖目屎滴。

十月白露凍床墘。
床墘思君沁心脾，
茫茫怨怨，
寒夜咬嘴齒。

■白露

〈白露〉是一首描寫怨婦心情的詩；「白露」意表時序在秋天，秋天總給人淒清的感覺，露水是一種冷冷溼溼的意象，也可以讓我們想起露水鴛鴦的情懷。首段詩寫一個女孩與男人邂逅的情景，有一種含情脈脈的欣喜，所以說：「見笑歹勢，暗喜尾敧敧。」

第二段寫女孩在房間等待男孩的心情；用「竹籬」來象徵房內與室外，在室內等待的這個女孩，一絲不掛的痴痴等待心上人的到來，有一點望眼欲穿之感，所以說：「破腹等待，目睭金金熾。」

用「紅柿」來比喻肌膚之親後，有了孩子。紅塵女郎懷了心上人的孩子後，負心的男人不來了，留給這位怨婦傷心與怨嘆，每天淚流滿面，所有的海誓山盟都成了幻夢泡影，所以說：「無影無隻，風搖目屎滴」，心情由喜轉悲。

詩的最後寫出怨，每日在床上等待，無望的結局使他有「茫茫怨怨，寒夜咬嘴齒」，是恨？是愛？就像秋天十月時，白露霜降的淒涼。

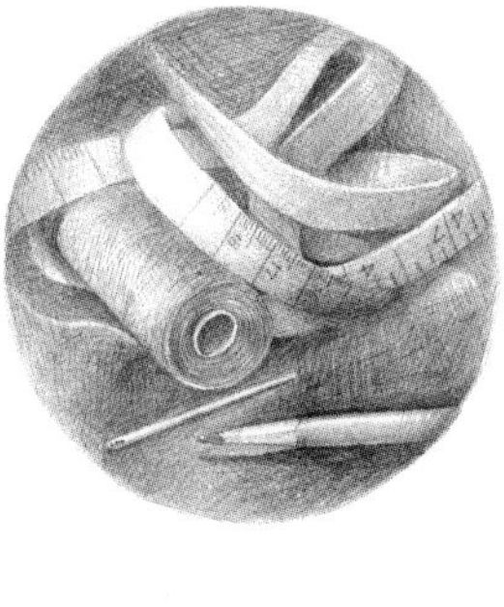

身爲男子漢

◎林沉默

身為男子漢，
體貼溫純做好翁，
成家起時有央望，
望汝愛花頭一層。

身為男子漢，
毋通隨意心頭動，
野花媠美沒稀罕，
厝內某子得疼痛。

身為男子漢，
拼起拼落一世人，
名聲完成無別款，
日曝風吹免怨嘆。

身為男子漢，
呷在世間問世間，
可憐百姓要操煩，
鄉土出路也得管。

身為男子漢，
筆墨論政沒輸陣，
街頭心聲嘸願放，
放膽文章第一讚。

身為男子漢，
意志富足免驚散，
喜酒一杯落重願，
為著牽手為台灣。
喜酒一杯落重願，
為著台灣為著咱。

作品導讀

■身為男子漢

〈身爲男子漢〉是寫給新婚男人的詩；男人結婚後算是成家立業了，必須對家庭負起責任，不要在外邊拈花惹草，要照顧家庭做一個好丈夫。除了愛護家庭外，做一個男人爲自己的社會鄉土奉獻心力，爲了台灣也爲了自己的子子孫孫。

這是詩人爲剛結婚的男人寫的一首詩；或許也是詩人的自我期許，期望結了婚的人安分守己的建立幸福美滿的家庭。

生平簡介

陳潔民

一九七〇年出生於彰化的陳潔民，籍貫是台南七股，使用過雲水、雲琛、潔民等筆名。靜宜大學中文研究所碩士；主要研究「日治時期台灣文學」及台灣古典詩。碩士論文《賴和漢詩的主題思想研究》。從事現代文學創作，文類有散文、新詩、短篇小說、台語詩等。現任彰化師大附工國文科教師、靜宜大學人文科講師，開設「台灣文學欣賞」課程。《台灣e文藝》同仁。在明日報個人新聞台設有「古錐的所在」、「與君結緣書」等網站。

潔民在就讀高職時就開始寫作；得過彰化高商傳統詩獎、臺中商專散文獎、靜宜大學心荷文學獎與蓋夏文學新詩獎；臺灣省政府文化處徵文大專組第三名、賴和文學獎研究獎助。

曾與康原等人合著：《六〇年代台灣囝仔—童顏童詩與童歌》、台中縣《台灣文學讀本・兒童文學卷》導讀撰寫。

目屎的屈勢

◎陳潔民

看著汝兩蕊目睭
露出深深的怨嗟
兩條春天的山溪
用一種袂反悔的屈勢
對汝雪赫呢仔白的喙頰（pe²）
洶洶湍流過

我心肝內的艱苦
親像吞落腹肚底的黃蓮赫呢儕
樸實古意的性格
害我干單會曉置邊仔坐

講袂出喙的解說
遂（suah）來停置嚨喉底

汝咁也會記咧
阮卡早捌講過
講阮是出身農家的子弟
呒知影欲安怎約會
袂曉置情人節的暗暝
送汝九十九蕊紅色的玫瑰花

怎樣汝三番兩次招阮扯（che²）
咁講汝忍心切斷咱甜蜜的關係
我的預慢解說
遂互感情出問題
咁講痴情的人註定愛甲茲（jiah）狼狽
咁講分手就是付出真情的代價

汝目屎的屈勢
互我心肝疼一瞑

——一九九八・八・廿四 於南鯤鯓《島鄉台語文學》第5號

作品導讀

■目屎的屈勢

〈目屎的屈勢〉這首詩是透過情人流眼淚的情景，描寫兩人之間的情結。在現代的社會中，許多青年男女，善於表達情感，用電話問候、藉網路聊天、情人節送花、情人生日請吃飯送卡片……盡量去做一些使對方喜歡的事，來獲得對方愛的心靈。

詩中描寫看到情人流淚，卻不會去安慰對方，本該向對方解說誤會的原因，卻沒有動作，呆呆地坐在旁邊哽咽著。心裡想著自己是不善於表達感情的人，情人節也不會送代表愛情彌堅而久久（九十九蕊）的玫瑰花。因此，他懷疑彼此之間感情出問題，或許是出自於不善於表達情意；不善於解說誤會的緣故。

詩的最後說：「汝目屎的屈勢／互我心肝疼一暝。」來表達自己內心的痛苦，但最後仍然沒有說出口吧！這種詩的表現方式是含蓄的。

生平簡介

向陽

一九五五年出生於南投鹿谷的向陽，本名林淇瀁。文化大學日文系畢業，政治大學新聞系博士班候選人，美國愛荷華大學「國際寫作計劃」榮譽作家。曾獲國家文藝獎、吳濁流新詩獎、時報文學獎等獎項。

向陽以詩揚名，以十行詩與台語詩獨樹一幟於台灣文壇，曾任自立早報主筆、自立週報總編輯、吳三連文教基金會副秘書長、任教過靜宜大學、《自立晚報》副社長。

著作：詩集《銀杏的仰望》、《種籽》、《十行集》、《歲月》、《土地的歌》、《四季》、

《心事》、《在寬闊的土地上》、《向陽詩選一九七四—一九九六》；散文集《流浪樹》、《在雨中航行》、《世界寂靜下來的時候》、《一個年輕爸爸的心事》、《暗中流動的符碼》；兒童文學集《中國神話故事》、《中國寓言故事》、《我的夢在夢中做夢》、《鏡內底的囝仔》；評論集《康莊有待》、《迎向眾聲——八〇年代台灣文化情境觀察》、《文學傳播與社會變遷之關聯性研究：以七〇年代台灣報紙副刊的媒介運作為例》、《為台灣祈禱》。

春花不敢望露水

◎向陽

一蕊花，受風吹落地
一蕊花，被雨拍落土
離枝落地，大街小巷四界旋
離葉落土，淒淒慘慘誰照顧

誰照顧？繁華都市一蕊花
在陰黯的路頭招展美色
在鬧熱的街市和人相夾
在粉紅的電話邊，等你來相找

來相找！不是欲你來挽花
算時間湊陣，算代價約會
阮只是一蕊，只是一蕊
會得陪你一時的落地花

落地花！為著生活受風吹
不敢想上天，不敢望栽培
阮只是一蕊，只是一蕊
為你開放一陣的落土花

落土花，心事掩蓋紅塵下
無需要你追問阮身世
無需要你憐憫阮落地
只要你尊重，愛惜這蕊花

這蕊花，和你同款來自草地
這蕊花，無像你彼般有錢有勢
這蕊花，為生活陪你貪歡一時
這蕊花，不敢仰望你當阮是姊妹

是姊妹？大街小巷四界旋
是姊妹！人生路途有怨咨
春風吹時百花開
春花落地，不敢望露水

望露水——是尹思君在床邊
望露水——是伊含淚等歸暝
阮不過是你一時貪歡，路邊的花蕊
露水，請你帶倒轉去尊夫人的身軀邊

——一九八三・五・十七南松山

【註釋】

旋：盤旋、旋轉。《莊子．達生》：「工倕旋而蓋規矩，指與物化而不心稽。」台語伸其義爲「迴繞」。

鬧熱：熱鬧也。繁盛之義。唐白居易〈雪中晏起偶詠……〉詩：「紅塵鬧熱白雪冷，好於冷熱中間安置身。」

夾：謂從左右相持。《說文》：「夾，持也。從大，俠兩人。」《禮記．檀弓下》：「使吾二婢子夾我。」台語更轉其義於擦身、錯身、表示擠。

挽：拉、牽引。《莊子．天運》：「彼必齕齧挽裂，盡去而後慊。」台語申其義爲摘。

湊陣：湊，會合，聚合。如「湊泊」、「湊會」。漢《鹽鐵論．力耕》：「雖有湊會之要……無所施其巧。」台語「湊陣」同義。

仰望：盼望。仰，依賴。《後漢書．袁紹傳》：「袁紹孤客窮軍，仰我鼻息。」

怨咨：怨歎。《書經．君牙》：「夏暑雨，小民惟曰怨咨；冬祁寒，小民惟曰怨咨。」

作品導讀

春花不敢望露水

〈春花不敢望露水〉是描寫一位淪落城市賣身女孩的命運，表達出一種感情生活的滄桑。用「一蕊花，飄落地」來象徵，淪落城市女孩的悲慘命運，她處處遭受到踐踏。用「電話邊等你來相找」暗喻應召的生活，所以說「算時間湊陣，算代價約會」，她與男人在一起是一種買賣式的虛僞情感。

或許尋芳客來找女人，只是滿足他的性慾，並非談情說愛；因此，一般女孩有自知之明，是不會動用眞情的，她們也知道自己是爲了生活，才來陪客人「貪歡一時」，所以也不想讓客人了解太多。或許，他們只求得對方做基本上的尊重，並不會期望露水的滋潤。

詩的最後用「露水，請你帶倒轉去尊夫人的身軀邊」，來奉勸尋芳客不要尋花問柳，自己的夫人才是永遠的性伴侶。

生平簡介

賴和

賴和先生（一八九四——一九四三）彰化市仔尾人，日治時代台北醫學院畢業。在彰化懸壺濟世，常救濟貧苦的百姓，是一位深具人道精神的醫生，死後被尊稱為「彰化媽祖」。

一九二一年參加「台灣文化協會」，積極推動台灣新文化，反抗日本對台灣的殖民統治，以創作新文學作品來啓蒙民智，被稱為「台灣新文學之父」。

賴和對新文學運動的目標，主張「筆尖與舌尖合一」的大眾文學，強調言文一致，於是他的文學語言，一直努力用台語來寫作；他的小說〈一個同志的批信〉是台灣有史以來第一篇台語小說。作品：《賴和全集》（包括：小說卷、新詩散文卷、雜卷、漢詩卷（上下）、附卷）共六冊。

相思歌

◎賴和

前日公園會著君，
　怎會即〔這樣〕溫存？
害阮心頭拿不定，
　歸日〔整日〕亂紛紛。

飯也懶捍茶懶吞，
　睏也未安穩，
怎會這樣想不伸〔開〕，
　敢〔可〕是為思君。

批〔信〕來批去討厭恨、

　夢是無準信，

既然兩心相意愛，

　那怕人議論？

幾回訂約在公園，

　時間攏無準，

相思樹下獨自坐，

　等到日黃昏。

黃昏等到七星出，

　終無看見君，

風冷露涼艱苦忍，

　堅心來去睏。

——一九三二・一・一《臺灣新民報》三九六號

相思（歌仔調）

◎賴和

阮是兩人相意愛，若無説出恁不知。
阮著當頭白日來出入，共恁外人無治大。
恁偏愛講人歹話，使阮驚心不敢來。
娘子疑我合伊歹，冥日相思真利害。

頭上貼著鬢邊膏，身軀消瘦可憐代。
伊正洗衫我返來，心頭歡喜撲撲猜。
只為身邊人眾眾，不敢講話真無采。
恨無鳥仔雙箇翼，隨便飛入伊房內。

——一九三二・一・一《臺灣新民報》三九六號

■相思歌與相思

〈相思〉是賴和以懶雲署名發表於一九三二年一月一日的《台灣新民報》。描寫情侶約會，一方爽約，一人痴痴地等待，透過等待的人心理描寫，表達戀愛中男女，談情說愛過程中的情緒反應，以及等不到人的心理感受，使人了解戀愛中的青年男女，情緒的變化與心理反應。也可透過詩的語言，知道七、八十年前台灣人的表達情感的方式。

詩的第一、二段寫出「約會之後，陷入戀愛中的男女魂不守舍」，因無法見面，致使「飯也懶食茶懶吞，睏也未安穩。」而透過寫信或做夢來滿足相思之苦，那是不切實際的戀愛行爲，甜蜜的夢境也是鏡花水月的虛幻。第三段詩句「既然兩心相意愛，那怕人議論？」點出兩人沒見面的原因，是怕談情說愛被人議論紛紛。第四、五段寫出幾次的約會不是不守時，就是空等待，於是心灰意冷了，以「堅心來去睏」來結束，突顯出一種無奈與忿怒。

〈相思〉則在寫男女之間因沒見面的思念之情。在賴和先生的年代裡，男女青年談戀愛的相當少，戀愛常會被閒言閒語的批評，情感常壓抑在心裡。思想開放而崇尚自由的賴和，以詩來批判封建的思想，表現出一種叛逆與反抗。詩句中有「當頭白日來出入，共恁別人毋治大。」帶一點埋怨的語氣。詩的最後以「恨無鳥仔雙箇翼，隨便飛入伊房內。」此句詩看出賴和思想的奔放，以及年輕人感情的衝動。

國家圖書館出版品預行編目資料

愛情籤仔店／康原編著；－－初版.－－臺中市：晨星，2004〔民93〕

面；　公分.－－（晨星文學館；22）

ISBN 957-455-126-1（平裝）

831.92　　　　90021126

晨星文學館 22

愛情籤仔店——24首最具聲韻之美的台語情詩

編著　康　　原
文字編輯　吳　佩　俞
美術編輯　王　志　峰
內頁繪圖　王　志　峰

發行人　陳　銘　民
發行所　晨星出版有限公司
台中市407工業區30路1號
TEL:(04)23595820　FAX:(04)23597123
E-mail:service@morningstar.com.tw
http://www.morningstar.com.tw
郵政劃撥：22326758
行政院新聞局局版台業字第2500號
法律顧問　甘　龍　強　律師
印製　知文企業（股）公司　TEL:(04)23581803
初版　西元2004年3月31日

總經銷　知己實業股份有限公司
〈台北公司〉台北市106羅斯福路二段79號4F之9
TEL:(02)23672044　FAX:(02)23635741
〈台中公司〉台中市407工業區30路1號
TEL:(04)23595819　FAX:(04)23597123

定價150元
（缺頁或破損的書，請寄回更換）

ISBN 957-455-126-1

◆讀者回函卡◆

讀者資料：

姓名：＿＿＿＿＿＿＿＿　性別：□ 男　□ 女

生日：　／　／　身分證字號：＿＿＿＿＿＿＿＿

地址：□□□＿＿＿＿＿＿＿＿＿＿＿＿＿＿

聯絡電話：　（公司）　（家中）

E-mail ＿＿＿＿＿＿＿＿＿＿＿＿＿＿＿＿

職業：□ 學生　□ 教師　□ 內勤職員　□ 家庭主婦
□ SOHO族　□ 企業主管　□ 服務業　□ 製造業
□ 醫藥護理　□ 軍警　□ 資訊業　□ 銷售業務
□ 其他＿＿＿＿＿＿＿＿

購買書名：愛情籤仔店

您從哪裡得知本書： □ 書店　□ 報紙廣告　□ 雜誌廣告　□ 親友介紹
□ 海報　□ 廣播　□ 其他：＿＿＿＿＿＿＿＿

您對本書評價：（請填代號 1. 非常滿意　2. 滿意　3. 尚可　4. 再改進）

封面設計＿＿＿＿版面編排＿＿＿＿內容＿＿＿＿文／譯筆＿＿＿＿

您的閱讀嗜好：

□ 哲學　□ 心理學　□ 宗教　□ 自然生態　□ 流行趨勢　□ 醫療保健
□ 財經企管　□ 史地　□ 傳記　□ 文學　□ 散文　□ 原住民
□ 小說　□ 親子叢書　□ 休閒旅遊　□ 其他＿＿＿＿＿＿＿＿

信用卡訂購單（要購書的讀者請填以下資料）

書　名	數　量	金　額	書　名	數　量	金　額

□VISA　□JCB　□萬事達卡　□運通卡　□聯合信用卡

- 卡號：＿＿＿＿＿＿＿＿　•信用卡有效期限：＿＿＿＿年＿＿＿＿月
- 訂購總金額：＿＿＿＿＿＿＿＿元　•身分證字號：＿＿＿＿＿＿＿＿
- 持卡人簽名：＿＿＿＿＿＿＿＿（與信用卡簽名同）
- 訂購日期：＿＿＿＿年＿＿＿＿月＿＿＿＿日

填妥本單請直接郵寄回本社或傳真(04)23597123